S

Maison, prison et folle évasion

Illustrations
de Pierre Durand

la courte échelle
Les éditions de la courte échelle inc.

Les éditions de la courte échelle inc.
5243, boul. Saint-Laurent
Montréal (Québec) H2T 1S4

Conception graphique:
Derome design inc.

Révision des textes:
Lise Duquette

Dépôt légal, 2e trimestre 1996
Bibliothèque nationale du Québec

Données de catalogage avant publication (Canada)

Sonia Sarfati

Maison, prison et folle évasion

(Premier Roman; PR48)

ISBN: 2-89021-257-2

I. Durand, Pierre.   II. Titre.   III. Collection.

PS8587.A3767M34 1996   jC843'.54   C95-941782-6
PS9587.A3767M34 1996
PZ23.S27Ma 1996

Sonia Sarfati

Née à Toulouse, Sonia Sarfati a fait des études en journalisme et en biologie. Aujourd'hui, elle est journaliste aux pages culturelles de *La Presse*, où elle s'occupe surtout du domaine jeunesse, et tient une chronique jeunesse aux *Petits bonheurs de Clémence*, à la télévision de Radio-Canada. Elle a déjà publié un traité humoristique sur les plantes sauvages et dix livres pour les jeunes. En plus d'avoir reçu différents prix de journalisme, elle a obtenu, en 1990, le prix Alvine-Bélisle qui couronne le meilleur livre jeunesse de l'année. En 1995, elle a reçu le prestigieux Prix littéraire du Gouverneur général, textes jeunesse, pour son roman *Comme une peau de chagrin*.

Comme Raphaël, Sonia Sarfati aime beaucoup les chiens. Elle en a eu plusieurs: des chiens fous, des chiens gentils, des chiens peureux... mais jamais de chien méchant! *Maison, prison et folle évasion* est le huitième roman qu'elle publie à la courte échelle.

Pierre Durand

Né à Montréal en 1955, Pierre Durand a fait des études en graphisme au cégep du Vieux-Montréal. En plus de travailler, il aime bien rigoler. Alors, la caricature, la bande dessinée et le dessin humoristique n'ont pas de secrets pour lui. On a d'ailleurs pu voir ses illustrations dans *Croc* pendant quelques années. Présentement, il est graphiste à l'ONF et, dans ses temps libres, il s'amuse à illustrer des affiches et des vidéos.

Maison, prison et folle évasion est le quatrième roman qu'il illustre à la courte échelle.

De la même auteure, à la courte échelle

Collection Premier Roman
Tricot, piano et jeu vidéo
Chalet, secret et gros billets
Crayons, chaussons et grands espions

Collection Roman Jeunesse
La ville engloutie
Les voix truquées
La comédienne disparue

Collection Roman+
Comme une peau de chagrin

Sonia Sarfati

Maison, prison et folle évasion

Illustrations
de Pierre Durand

la courte échelle

Introduction

Raphaël est assis sur une chaise au poste de police.

Non, il n'a pas de menottes aux mains! Après tout, il n'est ni un voleur ni un cambrioleur.

Non, il n'a pas dépassé la limite de vitesse! Après tout, il ne roule qu'à bicyclette ou en patins à roulettes.

En fait, si Raphaël se retrouve ici aujourd'hui, c'est à cause de ce qui s'est passé hier.

1
Un chien en prison

— Je regrette, mais les animaux sont interdits ici! C'est clairement indiqué dans notre contrat.

Les yeux du directeur du Camp Joli-Feu sont pleins d'un feu... pas joli du tout.

Un genou au sol, un bras autour du cou de sa chienne Taxi, Raphaël se tait.

Heureusement que Suzanne, son professeur, n'a pas la langue dans sa poche! Elle a organisé cette classe verte et elle a la ferme intention que tout se déroule bien.

— Enfin, monsieur Chalifoux! s'exclame-t-elle. Je vous ai expliqué que nous n'avions pas le choix! Les parents de Raphaël ont dû quitter Montréal d'urgence pour participer à un congrès. Qu'allaient-ils faire de Taxi?!

— Chère madame, les chenils n'ont pas été inventés pour rien! répond le directeur. Et en plus, les chiens les adorent.

«Comment ça, les chiens adorent les chenilles?!» Raphaël sent la colère monter en lui. «Il ne connaît vraiment rien aux animaux, cet homme! Taxi ne mange pas de...»

Au moment où il ouvre la bouche pour défendre sa chienne, Raphaël comprend. Monsieur Chalifoux ne parle pas de

chenilles, mais de chenils. Ces endroits où les gens laissent leurs animaux quand ils partent en vacances.

«Des prisons pour chiens», pense Raphaël.

— Taxi ne retournera jamais là-dedans! crie-t-il. Elle y est allée une fois et elle est tombée malade.

Trois ans plus tôt, en effet, Raphaël avait fait un voyage en Europe avec ses parents. Ils avaient placé Taxi dans un che-nil. Le meilleur, bien sûr!

Mais la chienne n'avait pas du tout aimé être séparée de ses maîtres. Pendant deux longues semaines, elle avait refusé de se nourrir.

— C'est malheureux, reprend monsieur Chalifoux. Mais je n'y

peux rien. Le règlement, c'est le règlement.

À ces mots, Suzanne pousse un énorme soupir.

— Alors, que nous proposez-vous? s'impatiente-t-elle. Que je renvoie Raphaël chez lui? Que j'expédie le chien à la four-rière? Que nous repartions tous à Montréal? Que...

— Que Taxi soit le plat prin-cipal du repas de ce soir! lance-t-on derrière eux.

Raphaël reconnaît immédia-tement la voix de Damien. Tournant vivement la tête, il fusille son ennemi du regard.

Suzanne, elle, semble amusée par la remarque de son élève. Quant au directeur du camp, qui ne connaît pas encore Damien, il a l'air étonné.

Satisfait de l'effet produit, Damien pouffe de rire. Puis, il tourne les talons et va rejoindre ses amis.

Monsieur Chalifoux le suit des yeux en se frottant le menton. Et...

— J'aurais quelque chose à te proposer, fait-il en se penchant vers Raphaël. Tu peux garder ton chien ici. Toutefois, je ne veux pas le voir. Jamais. Nulle part. Ni lui ni les... traces de son passage. Tu comprends ce que je veux dire?

Raphaël secoue vigoureusement la tête, en serrant un peu plus fort Taxi contre lui.

— Parfait! Voilà donc où cet animal s'installera, termine monsieur Chalifoux, le doigt pointé droit devant lui.

Raphaël regarde dans la direction indiquée. Et il retient un hoquet d'horreur. À côté de ça, un «chenil-prison-pour-chiens» ressemble à un château.

2
Le visiteur mystérieux

Pauvre Raphaël! Depuis trois jours, chacune de ses promenades avec Taxi se transforme en cauchemar! Sa chienne ne veut jamais retourner dans la grange qui lui sert de prison.

Matin et soir, Raphaël essaie de la convaincre en inventant pour elle des histoires farfelues. Mais rien n'y fait.

Taxi refuse d'être le dragon enfermé dans la cuisine du roi Chali-Fou pour rôtir les poulets! Elle refuse d'être la chienne espionne perdue dans les couloirs d'une des pyramides d'Égypte.

Et elle refuse d'être Taxi, emprisonnée dans une grange sombre par un homme sans coeur!

En tout cas, c'est ce que Raphaël croit comprendre.

— Viens! Il faut rentrer, sinon je vais me faire gronder! s'écrie-t-il finalement après chaque promenade, en tirant sur la laisse de sa chienne.

C'est d'ailleurs en remorquant Taxi, hier soir, que Raphaël est tombé dans une flaque d'eau.

Taxi l'a regardé. Raphaël est sûr qu'elle souriait.

À cette pensée, il sourit à son tour. Ça lui en fera des choses à raconter à Myriam, sa meilleure amie. Car Myriam, qui a attrapé la grippe, n'a pas pu venir au Camp Joli-Feu.

Mais le sourire de Raphaël

s'éteint aussi vite qu'il est apparu. Taxi n'est pas seule. Damien est penché sur elle!

— Laisse ma chienne tranquille! crie Raphaël, inquiet.

Damien se redresse lentement.

— Ne t'inquiète pas, dit-il en posant sa main sur la tête de Taxi. Elle et moi, on est de vieux amis.

Taxi approuve, en frottant son gros museau sur la paume de la main de Damien.

Et Raphaël comprend pourquoi il se sent épié chaque fois qu'il va voir sa chienne...

Hier, par exemple, quand Raphaël est allé nourrir Taxi, il a entendu quelqu'un s'enfuir de la grange. Plus tard, quand il est tombé dans une flaque d'eau, il a entendu quelqu'un rire.

— Qu'est-ce que tu veux à Taxi? s'inquiète Raphaël en caressant sa chienne, assise à ses pieds.

Damien ne répond pas immédiatement. Il jette un drôle de regard au garçon et à sa chienne, serrés l'un contre l'autre.

Quelque chose passe dans ses yeux. Quelque chose que Raphaël n'y a jamais vu. Et qu'il ne parvient pas à identifier.

Puis, un ricanement s'élève... indiquant que Damien est redevenu lui-même.

— Je me demandais à quelle

sauce on pourrait l'apprêter, dit-il en se léchant les babines.

— C'est malin... souffle Raphaël, découragé. Très malin. Allez, viens, Taxi. On va se promener.

Il détache la longue corde avec laquelle sa chienne est attachée dans la grange. Heureuse, Taxi

remue la queue. Soudain, une ombre s'abat sur elle, sur Raphaël et sur Damien.

Damien lève les yeux, Raphaël se retourne et Taxi se met à grogner.

Non, le soleil ne s'est pas caché derrière un nuage. Mais ses rayons ne peuvent plus pénétrer dans la grange à cause de... monsieur Chalifoux!

En apercevant le directeur, Raphaël frissonne. Instinctivement, il serre Taxi contre lui.

— Bon... bonjour, monsieur, murmure-t-il.

— Bonjour, répond monsieur Chalifoux sur un ton aimable qui surprend Raphaël et Damien.

Le visage du directeur paraît moins dur que les jours précédents.

— Tu t'es bien occupé de ton chien, poursuit-il, mal à l'aise, en regardant Raphaël. Je... je te dois des excuses. J'aurais dû me montrer moins sévère.

Et, sous l'oeil étonné des deux garçons, il tend la main vers Taxi.

Les secondes qui suivent, Raphaël les repassera des dizaines de fois dans sa tête.

Au ralenti, il voit le directeur buter contre une racine qui perce le sol de la grange. Il le voit tenter d'éviter la chute en faisant de grands mouvements avec ses bras.

Il sent ensuite Taxi, effrayée, se raidir contre lui. Puis, il la voit se ramasser sur elle-même. Bondir à l'extérieur de la grange. Et s'éloigner en courant.

3
Accident mortel

La nouvelle de l'évasion de Taxi fait l'effet d'une bombe sur le Camp Joli-Feu.

Monsieur Chalifoux, qui se sent responsable de la fuite de la chienne, a organisé les recherches. Toute la journée, les vacanciers, les accompagnateurs et les moniteurs ont participé à une grande battue.

Sans résultat.

Taxi reste introuvable. Et Raphaël, inconsolable. En ce début de soirée, il n'a plus de voix. Il n'a plus d'espoir. Appuyé contre un mur de la grange, il fixe l'horizon. Seul. Il n'a pas envie d'avoir de la compagnie.

Il veut juste se rappeler. Bâtir un pont de souvenirs entre lui, ici, et Taxi... quelque part.

— Taxi, murmure Raphaël. Taxi...

Drôle de nom, non? Taxi...

En réalité, la chienne s'était appelée Maxi jusqu'à ce que Sarah, la soeur de Raphaël, ait un an. Et qu'elle tente à plusieurs reprises de monter sur son dos. Les quatre pattes de Maxi allaient plus vite que ses quatre pattes à elle!

— Sarah te prend pour un taxi! avait ri Raphaël.

Et voilà! La chienne avait changé de nom!

À cette pensée, un pauvre sourire se dessine sur les lèvres

de Raphaël. Un sourire qui s'agrandit, car quelque chose vient de bouger dans l'ombre...

— Taxi? crie Raphaël, en se levant à moitié.

— On va la retrouver, lui répond une voix.

Une voix qui n'est pas celle de Taxi, bien sûr! Mais celle de Damien.

— Que veux-tu? grommelle Raphaël en se laissant de nouveau aller contre le mur de la grange.

— J'apporte le pique-nique, fait simplement Damien en s'installant à côté de Raphaël.

Sans un mot, il dépose un sac sur le sol.

— Que veux-tu? répète Raphaël.

— Je te l'ai dit, j'apporte le...

— Non! gronde Raphaël. Dis-moi ce que tu veux vraiment! VRAI-MENT! As-tu compris?

On dirait qu'une tempête s'est levée dans le coeur de Raphaël. Or, quand une tempête souffle sur une grande peine, celle-ci se transforme souvent en colère.

Et la colère, comme la foudre, tombe sur n'importe quoi. Ou sur n'importe qui. Sur Damien, par exemple.

Damien qui écoute sans broncher.

— Je vais te raconter une histoire, dit-il lorsque Raphaël semble calmé. L'histoire d'un garçon qui avait une chienne nommée Eska. Elle était sa meilleure amie. Même si elle était folle.

— Folle? s'étonne Raphaël.

— Complètement folle, poursuit Damien.

En ville, explique-t-il, Eska avait peur de tout. Des gens, des arbres, des automobiles, des parapluies, des oiseaux.

Dès qu'elle arrivait à la campagne, elle changeait complètement. Plus rien ne l'effrayait. Surtout pas les voitures.

Un jour, le garçon avait accompagné sa mère dans le jardin situé derrière le chalet. Pendant ce temps, son père, fatigué d'entendre la chienne aboyer, avait décidé de la détacher.

— Eska a immédiatement couru vers la route, murmure Damien. Juste à ce moment-là, une auto est passée.

Le garçon avait entendu le crissement des pneus. Il avait couru. Sa chienne était là. Étendue dans l'herbe, au bord du chemin. Elle ne bougeait plus. Mais elle ne semblait pas blessée.

Le garçon s'était penché sur elle. Il l'avait prise dans ses bras. Elle n'avait pas réagi. Elle était toute molle.

— Comme si elle était vide, fait Damien d'une voix rauque. Vide de sa vie.

Le père du garçon s'en était terriblement voulu. Il se croyait responsable de l'accident. Pour que son enfant lui pardonne, il lui avait offert des tonnes de cadeaux.

Régulièrement, encore aujourd'hui, il propose à son fils

d'acheter un autre chien. Le garçon refuse toujours.

— Elle... elle est horrible, ton histoire! bafouille Raphaël au bout d'un moment. Elle n'est pas vraie, j'espère?!

En guise de réponse, Damien lui tend une photo. On y voit un garçon à côté d'une chienne qui ressemble comme une soeur à Taxi!

Quant au garçon, lui, il ressemble comme un frère à Damien.

4
Une bête attaque

Du revers de la main, Raphaël essuie les larmes qui lui sont montées aux yeux.

— Dis donc, quelle histoire, murmure-t-il en se tournant vers Damien. Maintenant, je comprends...

— Tu comprends quoi? l'interrompt durement Damien.

Son regard est sec. Aucune larme dans ses yeux.

— Je ne t'ai pas raconté tout ça pour que tu me plaignes, poursuit-il. Mais pour que tu te grouilles. Ta chienne est JUSTE perdue, elle. On peut la retrouver si on fait quelque chose, au lieu de rester là à... à pleurer.

Décidément, le «vrai» Damien est de retour!

Le «vrai» Raphaël aussi.

— Veux-tu m'aider? dit-il en se levant d'un bond, comme si les paroles de Damien l'avaient fouetté.

— T'aider à quoi?

— À convaincre Suzanne et monsieur Chalifoux de nous laisser dormir dehors. Pendant la nuit, Taxi reviendra peut-être pour manger. Si elle entre dans la grange, je veux être là pour l'empêcher d'en ressortir!

Mais Taxi ne se montre pas durant la nuit que les garçons passent à la belle étoile. Cependant, un autre animal ne se gêne pas pour les déranger...

— Qu'est-ce que c'est? chuchote Damien lorsque, au lever du jour, un grattement se fait entendre tout près de lui.

— Je... je ne sais pas, souffle Raphaël. Je ne... je n'ose pas bouger. Je crois qu'il y a une bête

au pied de mon sac de couchage. Qu'est-ce que je fais?

— Heu... Si tu essayais de te rendormir?

Plus facile à dire qu'à faire! Ils ont beau fermer les yeux et serrer les dents, le sommeil ne vient pas.

Heureusement, l'animal ne semble pas les trouver «à son goût». Il s'éloigne bientôt.

— Bof! C'était seulement un raton laveur, affirme «bravement» Raphaël durant le repas du matin.

— Pas du tout! riposte Damien, sûr de lui. C'était une mouffette. Je l'ai même vue lever sa queue quand je me suis assis pour mieux l'observer!

— Tu t'es assis?! Tu t'es plutôt enfoncé dans ton sac de

couchage quand on a entendu du bruit!

— Et si on disait que vous avez été attaqués par une mouffette ET par un raton laveur? propose Suzanne. Comme ça, on pourrait manger en paix avant d'aller au village. Peut-être que, là-bas, quelqu'un a aperçu Taxi...

— Génial! rugit Raphaël.

En trois bouchées, il termine son bol de céréales. Puis, il se

précipite vers le dortoir.

— Je vais préparer un avis de recherche! crie-t-il.

Un avis de recherche, mais en plusieurs exemplaires. Cent dix-sept, exactement. C'est le nombre de feuilles qu'il restait dans la photocopieuse du secrétariat du camp!

5
Bonjour la police!

— Je dois aller faire quelques courses, indique Suzanne, une fois au village. Commencez à coller vos affiches, mais ne vous éloignez pas!

Raphaël et Damien approuvent. Bientôt, munis des avis de recherche et de ruban adhésif, ils se mettent au travail.

Et paf! Sur un poteau de téléphone. Et vlan! Sur un mur couvert de graffiti. Et flap! Sur une voiture...

— Non, Damien! s'écrie Raphaël. Pas sur les autos! Tu veux qu'on se fasse arrêter par un policier?!

— Un policier? répète Damien en s'immobilisant. Bien sûr!

Et il propose à Raphaël de se rendre au commissariat. Après tout, si les pompiers sauvent les chats, les policiers peuvent bien retrouver les chiens perdus, non?!

C'est pour cela qu'aujourd'hui Raphaël est assis au poste de police. Avec Damien.

— Est-ce que je peux vous aider? leur demande un policier.

— C'est pour signaler une disparition, annonce Raphaël.

L'homme fronce les sourcils. Il s'empare ensuite d'un formulaire et demande aux garçons de se nommer. Puis, le véritable interrogatoire commence.

— Qui a disparu et quand? questionne-t-il.

— Notre amie, hier matin, répond Damien. Elle était au Camp Joli-Feu avec nous...

— Au Camp Joli-Feu? Les responsables du camp n'ont pourtant pas signalé de disparition!

— Heu... Ils sont peut-être gênés de dire qu'elle s'est sauvée à cause du directeur, suggère Damien. Il lui a fait peur. C'est pour ça qu'elle est partie.

À ces mots, le policier lève les yeux de sa feuille et examine les garçons.

— Comment se nomme votre amie? reprend-il après un court silence.

— Taxi. Mais son vrai nom, c'est Maxi, souligne Raphaël.

— Maxi... pour Maxime ou Maxine, j'imagine, grommelle le policier tout en écrivant. Quel est son nom de famille?

Raphaël hausse les épaules. «Je ne savais pas que les animaux avaient un nom de famille», pense-t-il.

— Maintenant, donnez-moi son signalement, poursuit le sergent. À quoi ressemble-t-elle?

— Bien... elle est grande comme ça, commence Raphaël en plaçant sa main au niveau de sa taille. Ses poils sont longs...

— Ses... poils? l'interrompt le policier, incrédule.

— Oui, continue Raphaël. Ils sont assez longs, son pelage est gris et blanc. C'est un bobtail ordinaire, quoi!

— Ordinaire! rugit le sergent.

Un bobtail ordinaire! Vous êtes venus ici pour signaler la disparition d'un chien!? Sortez immédiatement ou... ou je...

Damien et Raphaël ne sauront jamais ce qu'aurait fait le policier. Ils sont déjà à l'extérieur du poste. Et ils courent comme des fous.

— Je crois... qu'on a... fait une gaffe, murmure Raphaël quand ils arrivent dans un parc.

— Pour une fois, je suis d'accord avec toi, répond Damien en se laissant tomber sur un banc.

Ils reprennent leur souffle en silence. Quand soudain...

— Raphaël! s'exclame Damien. Là! C'est Taxi!

6
L'enlèvement

Damien ne se trompe pas. Une camionnette bleue vient de s'arrêter au feu de circulation, en face du parc. Et, par une des fenêtres du véhicule, Raphaël aperçoit la grosse tête de Taxi!

Il se lève d'un bond et traverse le parc comme une flèche. À cet instant, la camionnette redémarre.

— Taxi! hurle Raphaël en courant sur le trottoir. Taxi!

— On n'est pas dans une grande ville, ici. Il n'y a pas de taxis! ricane bêtement un piéton.

«Drôle, très drôle», pense Raphaël qui voit la camionnette s'éloigner de plus en plus vite.

— Elle tourne au coin de la rue! dit Damien, qui court aux côtés de Raphaël.

Les deux garçons tournent à leur tour et...

— Oh, non! Elle a disparu! constate Raphaël, désespéré.

Ils se trouvent à présent dans une petite rue totalement vide. Seul, au bout de cette impasse, trône un énorme bâtiment... duquel s'échappent des aboiements.

Pas les aboiements d'un seul chien. Ni même de deux chiens. Mais ceux de dizaines et de dizaines de chiens!

— Taxi a donc été enlevée, murmure Damien.

— On retourne au poste de

police? propose Raphaël.

— Es-tu fou?! s'exclame Damien en pénétrant dans l'immense cour de la maison.

Personne en vue. Mais la camionnette est là, stationnée dans un coin. Vide. Taxi doit être à l'intérieur du bâtiment. En compagnie des autres chiens.

— Moi, j'entre! décide Raphaël. Je n'ai vu aucun panneau indiquant que c'était une propriété privée...

D'ailleurs, une note collée au-dessus de la sonnette indique «Sonnez et entrez». Une «invitation» à laquelle les garçons s'empressent de répondre.

— Oui, oui, j'arrive! Mais enfin... Où sont mes lunettes? fait une voix.

Raphaël et Damien avancent

dans le hall d'entrée. Une dame d'un certain âge les examine un instant, un doux sourire aux lèvres.

— Bonjour! Je suis madame Bonin. Que puis-je pour vous?

— Bon... bonjour, bafouille Raphaël en lui tendant la main. C'est... c'est mon chien...

— Oh, mon Dieu! se met alors à crier la dame. Tu as été mordu!

— Mais... mais... bégaie Raphaël, en retirant sa main... rougie par l'encre du crayon qu'il a utilisé pour faire son avis de recherche!

Damien éclate de rire. Madame Bonin, qui a retrouvé ses lunettes dans la poche de sa veste, s'aperçoit de son erreur. Elle se met à rire.

— Ex... excusez-moi! dit-elle entre deux hoquets. Je suis très... très myope.

Puis elle poursuit, après avoir repris son sérieux.

— C'est bien beau tout ça, mais... qu'est-ce que je peux faire pour vous?

«Comment une personne aussi gentille peut-elle kidnapper des animaux?» se demande Raphaël.

— C'est au sujet des chiens, commence-t-il bravement.

— Bien sûr! lance la dame. Vous voulez les voir? Venez!

Les deux garçons échangent un regard étonné. En silence, ils suivent leur guide. Ils traversent plusieurs pièces. Des tableaux représentant des bobtails sont accrochés à presque tous les murs.

«Qu'est-ce que ça signifie?» pense Raphaël, de plus en plus inquiet pour Taxi.

— Voilà! s'écrie finalement madame Bonin en ouvrant une porte.

Raphaël et Damien, stupéfaits, aperçoivent alors une trentaine... de Taxi.

7
Une maison pour Taxi

— Que pensez-vous de mes chiens? demande fièrement madame Bonin, en caressant les bêtes. Je les élève et, ensuite, je les vends. Ce sont des bobtails. Des chiens adorables...

Ça, Raphaël le sait! Taxi lui manque tellement! Et, visiblement, elle n'est pas chez madame Bonin.

Bref, pendant que Damien raconte leur histoire à la dame, le coeur de Raphaël se serre jusqu'à lui faire mal.

— Je ne sais pas quoi te dire, murmure l'éleveuse de chiens.

Je voudrais tant t'aider...

À ce moment-là, la sonnette de la porte d'entrée se fait entendre. Quelques secondes plus tard, une voix très en colère s'élève. Et bientôt, Suzanne apparaît.

— Bon! Enfin, je vous trouve! s'exclame-t-elle en fusillant du regard ses deux élèves. Je vous avais pourtant dit de ne pas vous éloigner! Heureusement que la caissière de l'épicerie m'a parlé de l'élevage de madame Bonin!

Honteux, Raphaël et Damien baissent les yeux. Mais ils gardent le silence.

Ils savent qu'il vaut mieux attendre que Suzanne soit calmée pour s'expliquer. Et, visiblement, elle n'est pas à la veille de l'être: elle ne desserre pas les lèvres

pendant tout le voyage de retour au camp.

— Je ne suis pas fière de vous, lance-t-elle d'une voix cinglante, une fois arrivés à destination. Allez réfléchir dans le dortoir. On discutera de tout ça plus...

— Quelqu'un demande Raphaël! l'interrompt alors monsieur Chalifoux en brandissant un téléphone sans fil. Il semble que ce soit urgent!

Toujours furieuse, Suzanne, d'un signe du menton, indique à Raphaël de prendre l'appel.

— Allô? fait Raphaël en s'emparant du combiné.

— Raph?! Raph, c'est Myriam! Écoute ça! Ce matin, ma mère est allée chez toi, pour arroser les chères plantes de tes parents. Et devine quoi?

Raphaël s'apprête à répondre quand, au bout du fil, résonne... un aboiement.

— Taxi? souffle-t-il, les yeux soudain pleins de larmes.

— Oui! s'écrie Myriam. Taxi est là!

Conclusion

Raphaël raccroche quelques minutes plus tard. Il n'en revient pas. Taxi est retournée à Montréal! Toute seule! Sans carte! À pied... enfin, à patte!

Elle a retrouvé le chemin de sa maison. «Exactement comme dans les films!» pense Raphaël avec fierté.

Heureux et soulagé, il s'approche des deux personnes qui l'ont aidé à traverser cette épreuve. Damien, qui le regarde en rigolant, le pouce levé en signe de victoire. Suzanne, qui laisse tranquillement le bonheur de

Raphaël effacer sa colère.

Raphaël n'a donc rien à leur apprendre: ils semblent avoir tout entendu et tout compris. Enfin, presque...

— Je me demande comment Taxi a fait pour trouver sa route, murmure Damien.

— Oh! Mais je lui ai posé la question, déclare Raphaël. Et elle m'a répondu. Ça ressemblait à... Whaoooo! Wha-wha! Wouf! J'espère que ça t'aide!

Table des matières

Total— 3,695

Achevé d'imprimer
sur les presses de Litho Acme Inc.